呼和浩特民族学院蒙古语翻译研究基地阶段性成果

风走了

莎日娜 著

哈森 译

内蒙古人民出版社

图书在版编目（CIP）数据

风走了/莎日娜著；哈森译. -- 呼和浩特：内蒙古人民出版社，2025.5
ISBN 978-7-204-17322-8

Ⅰ.①风… Ⅱ.①莎… ②哈… Ⅲ.①诗集-中国-当代 Ⅳ.①I227

中国国家版本馆 CIP 数据核字（2022）第 247766 号

风走了

著　　者	莎日娜	
译　　者	哈　森	
责任编辑	张桂梅　　王丽燕	
封面插图	刘巨德	
内文插图	刘巨德	
封面设计	刘那日苏	
出版发行	内蒙古人民出版社	
地　　址	呼和浩特市新城区中山东路 8 号波士名人国际 B 座 5 楼	
印　　刷	内蒙古爱信达教育印务有限责任公司	
开　　本	820mm×1092mm　　1/32	
印　　张	4.5	
字　　数	80 千	
版　　次	2025 年 5 月第 1 版	
印　　次	2025 年 5 月第 1 次印刷	
书　　号	ISBN 978-7-204-17322-8	
定　　价	28.00 元	

如发现印装质量问题，请与我社联系。联系电话：(0471)3946120

"你所抵达的地方"（代序）

何平

现代以来，中国蒙古族诗人脱颖于英雄的史诗和颂歌，和他们时代所有具当代性的写作者一样，与辽阔的世界构成跨文化联结，尤其是新世纪，在大融合的多民族、世界文化、人类命运共同体开放的历史语境下，蒙古族诗人扎根于本民族丰饶的文化地层，同时汲取新的风气和养分，他们如星星，熠熠闪烁在中国当代文学浩瀚无垠的天幕。就像蒙古族诗人莎日娜在《路灯》中所写的"你／本身就是光／身是光／心是光／目光是光／智慧是光／语言当然也是光／你／本身就是光／你所在的所有地方／都被点亮"，我愿意把"并非为了照亮路／你／散发着光"这几句看作很多汉语文学读者也许陌生的中国当代蒙古族诗歌的自我写照，他们内敛、自信、勇敢地向外开拓。

莎日娜的诗歌核心仍是一种人和自然的相处与体

悟，读她的诗，我们能够感到独属于古老游牧民族的心灵之声在当代回响。万物有灵，诗人即灵魂的对话者和世界的命名者，莎日娜的诗歌是在本民族文脉延长线上的。尽管如此，应该看到，莎日娜毕竟是生活在城市中的现代诗人，这可以由她诗歌中"路灯""十字路口的红灯"等意象得以佐证。也许更重要的，于莎日娜，城市不只是日日在焉的生活空间和场景，也是她的精神的起点和抒情的原发地，她不是假装和现代隔绝，在遥远古代生活和写作，而是在当代，在当下日日新的城市工作、生活并写诗。遥远的古代，那混合着民族记忆和想象的长空、落日、大漠、草原、风声以及众生万物，如果在莎日娜的诗歌里还有所保留和遗存，也是精神意义的"乡愁"，是古代再造而成为当代的那部分古代，正如《风走了》所写的"它属于远古还是属于近代/无法知道/是远古苍茫的风回来了/还是新的生长就是它"。《故乡》这一首诗，莎日娜直接袒露出这种以故乡为永恒精神归宿的心愿，"看似珍珠般的眼泪中/宇宙般的故乡在嘶鸣"——眼泪并不会为乡愁而落，而是因为诗人在瞬间领受了"永远的信念"，使她明白即使离开草原、沙漠、寂寥而广阔的天与地，故乡仍在深邃的精神层面映照着、滋养着她的生命。谁能不为这种永恒性所动容呢？

风、日月、雨雪、四季、花朵等人间万物是莎日娜笔下常见的意象，也是永恒的母题。诗集的同名作品《风走了》是诗集中篇幅最长的一首诗。开篇气势磅礴，"风儿/被风儿驱赶而去"，隐隐勾勒出一个"万物同风"的世界。此处的风仿佛是一种史学的计量单位，将所有时空中人们所见所闻的一切容纳、罗列。凡是风走过的地方，事物便被承载下来。与此同时，风又是无尽的，并不因为人类生命的有限而终止；相反，它超越于"此刻"，即将抵达我们无法想象的神秘之处。恰是因此，诗歌结尾处的"你所抵达的地方/是你义无反顾的目的地吗"，形成一种跨出有限生命的追问。莎日娜对于"风"所寄托的历史观、哲学观，同样体现在诗作《风来了》里，"风来了/从有和无之间/从存在和虚无之间/从真和假之间"。而《风，被撕碎了……》一诗，则以一种全新的视角展现风的赋形力量，在"变幻莫测的人心里"，被撕碎的风有各种棱角、色、味，上升到一种兼具感性的哲思。

事实上，莎日娜时常在诗歌里寻找一种辩证的真理，"黑，是沾染也不会融入/白，不是颜色而是本性/不垢不污/菩提之智慧明净"（《黑与白》），"所有显现的一切终究为空/所有现实的一切其实为虚"（《敖伦苏木古城遗址》）。在最简洁的语言中，世间相反相成之物皆被道尽。值得注意的是，诗集最近的三首诗写于 2020 年，相对其余作品更简短。例如《新月》中"高远的天空上撒过来的/是哪个世纪的清冷目光/那么不屑一顾/自负/清冷/安详无上"，将古今同见的一弯新月直接比拟为一种跨时间的目光，仿佛看月的世人自身才是被观察者。从"不屑一顾"到"安详至上"，没有更多修饰，短短词语直接铺抵一种神圣。

不仅是对莎日娜，我对其他蒙古族诗人都不能说有多少了解和理解，更不要说研究。某种程度上，这也是蒙古族文学在中国当代文学读者中的处境和现实。我和蒙古族诗人、翻译家哈森相识于小说家阿云嘎《满巴扎仓》的北京研讨会，这部有着民族风度和神异之美的长篇小说的汉语版首发于《人民文学》，哈森是它的汉语译者。多年来，哈森致力于蒙古族和蒙古语文学的译介，在这一点，我们声气相通，也有很多共识。我希望在大的文学版图理解中国文学，哈森总能以她巨大的热力为我提供蒙古族文学的恰如其分的资讯。我在译林出版社主编的"文学共同体"书系就曾经得到哈森的有力声援和支持，她给我选择了合适的小说家，并且翻译了蒙古族当代小说家阿云嘎和莫·哈斯巴根的两本小说集。

在多民族文学交流和对话的世界，哈森这些热爱本民族文化和文学的儿女们，被我理解为"信使"。就文学而言，他们是通灵性者。正是因为他们的存在，我们可以免于狭隘和自以为是。哈森不但是译者，也是一位性灵的诗人。莎日娜的诗歌，某种意义上是莎日娜和哈森共同完成的作品。像一切优秀的翻译文学作品，客观上都是写作者和译者对话的自然结果，何况译者哈森也是诗人哈森。"风来了"，风吹送着莎日娜和哈森的细语，我们接引着，也倾听着。

"风走了/你所抵达的地方/是你义无反顾的目的地吗"，希望诗人风中的细语能够抵达无穷远的地方和人们，像所有一切草原上传唱的古老的史诗和歌谣。

何平，南京师范大学文学院教授、博士生导师，世界文学与中国当代原创文学研究暨出版中心主任。著名文学评论家。

目录

莎日娜

蒙古族，诗人，文学评论家。内蒙古自治区社会科学院杂志社原总编，《中国蒙古学》杂志原主编。现任内蒙古翻译家协会主席、内蒙古自治区文联副主席。出版散文集《渡海》、诗歌集《风在沉淀》。曾获内蒙古自治区文学创作"索龙嘎"奖，内蒙古自治区中青年"德艺双馨"文艺工作者荣誉称号。

永恒之风（一）

青草的摇曳中，风儿你一直在蹁跹
叶子的飘摇中，风儿你一直在飘荡
流水的波纹中，风儿你一直在追逐
山脉的哨声中，风儿你一直在追赶
云朵的游弋中，风儿你一直在漂浮
雨水的飘洒中，风儿你一直在轻摇

世间万物的一切运动之中
随处可见风儿你的踪影
不知美丽的你温柔的心
隐于大千世界的哪一种物象之中？

当幼芽长成花叶时，风儿你随即袅娜
当花叶结出果实时，风儿你随即丰满
当果实化为尘土时，风儿你随即纷飞

当尘土幻为根须时，风儿你随即轻拂

从生长到凋谢
从枯萎到绽放
从霜冻到融化
从融化到霜冻

自然万物的每一回变幻
无处不见风儿你的踪迹
不知美丽的你温柔的心
藏在大千世界的哪一种物象之中？

星辰自诞生到陨落，风儿你一直在凝望
生命自孕育到消逝，风儿你一直在目睹
时间从开始到结束，风儿你一直在见证
黑白从交汇到分化，风儿你一直在洞悉

宇宙万物的一切变幻之中
风儿你一直参与其中
不知美丽的你温柔的心
被关在大千世界的哪一种物象之中？

风，是所有运动的完美模型
你，是所有声息的完美形态

风，是你的形态
你，是风的模型

你，悠远
风，永恒

永恒之风（二）

风，是你的形态
你，是风的模型

风儿你是否真有形
美丽你是否真像风一样
有谁见了你的形
有谁看了你的形

青草的摇曳，是你
叶子的飘摇，是你
流水的波纹，是你
山脉的哨声，是你
云朵的游弋，是你
雨水的飘洒，是你
自然的每一个呼吸都是你

你本是所有运动的形态
你本是所有声音的模型

风儿你是否真有心
美丽的你是否真像风一样
有谁懂得你的心
有谁走近你的心

冷冻融化的一切皆是你
生长枯萎的一切皆是你
绽放凋谢的一切皆是你

雨为何物……

叶子凋零时
你是向内流淌的泪水
大地冷却时
你是向外流露的忧伤
万物复苏时
你是一同融化的气息
百花盛开时
你是一起摇曳的生命

太阳亿万万金色光芒
最柔韧的一束，是你
树木千万片苍翠叶子
最明亮的一枚，是你
云朵万千个疾驰骏马
最有耐力的一匹，是你
碧波数万计嫩绿草尖
最灵动的一株，是你

那么空

面对泡沫一样消逝的身躯
像石碑一样守护的心

面对鸟一样飞去的岁月
像神灵一样供奉的心情

面对水一样流逝的时光
奢望它复归重返的心愿

面对云一样消散的荣誉
像是真一样坚信的欲望

面对露珠一样消失的生活
像是磐石一样坚守的企图

空　一切都是空

空　还是空

空　依然是空

空　那么空

黑与白

乌鸦的毒舌

偶尔抹去心灵的光亮

不知何时何地洞穿纯洁的心

摒弃黑暗的心灵

消弭了黑，焕然一新

黑，是沾染也不会融入

白，不是颜色而是本性

不垢不污

菩提之智慧明净

路灯

并非为了照亮路
你
散发着光

你
本身就是光
身是光
心是光
目光是光
智慧是光
语言当然也是光
你
本身就是光
你所在的所有地方
都被点亮

你的名签

牵着你的鼻环

引向任何一方的

路

是佩戴给你的

多余的首饰

想由外掌控

由内发光的,你的

欲望

自然之我

不是云朵在游弋
是心绪在迁移
不是风儿在吹拂
是心灵在爱抚
不是花朵在盛开
是心怀在绽放
不是叶子在摇曳
是向往在飘扬
不是鸟儿在飞翔
是睫毛在忽闪
忽闪忽闪着
不是踪影在消失
是视线在穷尽
决然而尽

人在旅途

吹拂过你的徐徐清风
徘徊在谁的身旁
凝视过你的青青树叶
躲藏在哪一棵树上
以你的气息徐徐的清风
鸣唱着怎样的旋律
以你的眼神宁静的树叶
忽闪着怎样的颜色

被小鸟的鸣唱温暖的晨风
追随你的脚踝嬉戏，多么温柔
映红远方连绵山头的晚霞
随着你的思绪着色，多么优雅
以阳光的颜色缤纷的夏日花朵
追逐你的裙裾舞蹈，多么可爱

以月亮的银色皎洁的秋日云朵

随着你的心儿游弋，多么轻盈

水晶般闪耀的冬日星辰

分担你的寒意，隐忍着

多么贴心

以诗性融化的春日冰雪

怀抱你的感伤，浸润着

多么温柔

你似候鸟，你是谁

秋雨在迁徙

与凋零的叶子相伴

秋雨悄然飘落

想念与炎热相竞的

淅淅沥沥的日子

怀念与酷暑作对的

大雨滂沱的时光

自灵幻之界缓缓飘来

哼唱着树木的曲调

以金、红、黄、绿各色舞动

在浩瀚的天宇中

辗转迁徙

减轻着夏日营地的思虑

飘飘摇摇

悄悄地迁徙

乌鸦

将自己颜色的另一极端
当作终极而存在
无限美好的另一个极致

将自己声音的另一个极端
当作终极而存在
极度美好的另一个极致

穿透光芒的冲子
加固黑暗的粘胶

据说除却人类的生灵中
乌鸦是最聪明的动物

月亮

无始

无终

无始无终的时空中

创造开始和结束的

无始

无终

无始无终的时空中

无数方位的标记者

既流连太阳的暖

又向往湖水的鸟儿一般

时常守望蓝色地球

无声无息的内部慢慢漂浮着

月中旬的巅峰上

无声凝望天宇的

你

圆满

玉盘一样无瑕

童心一般纯洁

像是佳人的胴体一般美好

像是英雄的心灵一样明净

眼见你的完美

整个世界

目光澄明

在其清辉中洋溢着雅韵

唯恐在般若魅力激荡的

墨海中沉浮

你

时而弯弯地躲进太阳的怀里

被心灵战胜的日日夜夜

像是蝴蝶迷恋花朵

像是涌向岸的水

以不变的誓言追随着你

周而复始地滚动

在无边无际的世间

无以数计的

岁月在开始

在你铸造的圆满之前后

无法数计的时光

有计可数

蝴蝶
——献给犹如娇艳的花朵般美丽的蝴蝶

蝴蝶——

带来夏日的美好

粉饰春日的素淡

减轻秋日的忧伤

缓和冬日的严寒

娇艳的花朵之睫毛

所有神奇中的柔美

徐徐清风的翅膀

百种颜色之齐全

大地母亲的女儿

旷世之外的爱恋

莫非是迦梨陀娑的诗篇？

莫非是浩瀚恒河之细语？

莫非只是你的目光？

莫非只属于我？

苍茫的尘埃（一）

不是说你创造了尘世吗
为何像是灾难一样不安分
不是说你分天玄地黄吗
为何像是苦难一样不消停

不是说你是红尘之主吗
为何像是过客一样无法安住
不是说你是花朵的媒人吗
为何像孤独一样不断扩张

莫非你想随着所有生长的
生长？
莫非你想随着一切迁徙的
迁徙？

无形的有形者

永不灭亡的，自由

是你

苍茫的尘埃 （二）

辟鸿蒙定乾坤的
尘埃之颗粒在游弋
那份游弋中
混沌的尘世在游弋
向着永恒之悠远

孕育艳丽花朵的
孤独的尘埃在游荡
在寂寞的谷底苏醒的它
变成一切美丽形态的
是尸骨
它无限快乐的归宿
是死亡
它活着的存在
是无形之无形的
游弋

阿日克乌苏①的讯息

今年的雨水寻觅着去年夏天

想着百花丛中相遇的美好

怀念六月的月光下融化的过往

今年的雨水找寻着去年夏天

世间的爱恋都在寻找去年夏天

云朵从天空的无限找寻你

云朵的泪水，伤心得绵绵不尽

山脉从高处的无限找寻你

山脉的思念，伤感得淅淅沥沥

雨水从花朵的芬芳找寻你

雨水的惆怅，呜咽着挥洒不尽

———————————

① 阿日克乌苏，蒙古语，又写作阿里黑兀孙，意为纤尘不染
的水。

风儿从原野的草尖找寻你

风儿的叹息，忧伤着飘洒不尽

有着美好笑容的去年夏天

你，是否只属于去年的夏天

有着蜜语甜言的去年夏天

你，是否只属于刹那和瞬间

菩提山的灵兽在泉边孤独

亿万里之内望不到去年夏天的影子

圣地雪莲花在山顶上怅惘

命运福祉间看不到去年夏天的影子

在极地之境，阿日克圣水畔

在绝望丛林，般若林的彼岸

在消失无踪的你身后

路途上的我形单影只

尘世所有的心灵都在找寻着你

今年的雨水寻觅着去年的夏天

敖伦苏木①古城遗址

所有显现的一切终究为空
所有现实的一切其实为虚
菩提之般若一直延续不断
释迦之佛理应作如是观时
你，是以禅姿存在的吗

圆满之终极的幻灭
聚集之终极的消散
尘世间的万般行为
均在无限之内
化作有限的一个点
闪着光芒次第而去
警示世间众生时

———————————

① 敖伦苏木，蒙古语，诸多寺庙的意思。敖伦苏木古城遗
址，在内蒙古乌兰察布市。

你，是以减法存在的吗

诸多的寺庙在哪里？
世间的事物都哪般？
碎砖中沉睡着中断的历史
残瓦中流连着模糊的汗青
看似温暖的我的足迹
一旁清晰可见
等到哪天成为遗迹时
后辈们会看到
后辈们的身影
在时间的驿动中朦胧可见

看见不远处有很多新的寺庙
历久弥新的老寺在闪耀光芒
不变的诵经声一天比一天洪亮
不减的信仰之海愈来愈激荡
秉持着戒律风儿在轻轻吹拂
永远无法抵达香巴拉之域
泯灭的城池之注释
完整的寺院
在远方，影绰可见

乌云

是否因为你清洗着
红尘变得昏暗
是否因为你揩拭着
山川变得污浊

是否因为你洗濯着
尘雾变得浑浊
是否因为你擦拭着
树木变得污秽

不知谁会将你洗涤
不知如何将你晾干
不知麻木的天空帮不帮忙
不知无心的野风搭不搭手

是否，你是雪白的云朵之前世？
是否，你是洁白的云朵之来世？

像弯月一样孤独

繁星中的月
你
无比明亮
无比孤独

柔情倾泻的
你的眼神
奔向
悠扬而宁静的世界
某一个事物
凌乱

困惑于你
像是孤筝悲伤的曲子
多情的眼神

我的心
不由惆怅百般

抚慰着弯弯的惆怅
涓涓而增
你
将近圆满

夏日的苍穹和秋日的天空

大地盛开

向着你无限奔放

赶了一百天的路

你以火热的心

奔向大地

于牵手的距离

因你的心灵散发的热力

所有的生灵都近乎燃烧

因为在你心灵的切近之处

所有的生命都近乎窒息

极限

隐忍的岸边忽然醒来

你

退潮于岸，渐渐回到水流深处

慢慢收起欢愉的火焰

以凉爽抚慰土地的疆域

像是在柔弱的花海中畅游

任性地奔走至今

感到疲倦而归的你

回首一望时

咫尺已天涯

以花朵的眼睛盛开的我的目光

以花朵的眼睛盛开的我的目光中晶莹的露水之珠
幻化为贝母的腹中修行千年的珍珠
穿越蓝色的时光之海滴落在你的掌心
以无限思念的模样佩戴于我耳垂的饰品一枚

以沙竹的性情过活的我的世界里生长的灵树之果
翻滚于以雨鬣霜蹄的骏马飞鬃带来的微风之梢
滋润于学与授之间行走的你所惠赠的灵感
以般若智慧的降临芬芳于我笔尖的诗作一首

照亮星辰之间无声扩张的黑暗之月光
化作抚慰从树枝上倒下的秋天的笛声
沁入于远古的颂赞之云朵洁白的篇章
以轮回的规律平衡冷暖的我心之颜色一抹

生根于倾听雪讯的我的思绪的永恒安宁
融进无声源自无限的彼岸的寂静的祈祷
以坚贞和笃志驯服时间内外的所有喧嚣
毫不犹豫地埋葬所有沸腾之意的我的本性一个

两枚树叶

你送给我的两枚叶子谛听着
自无草原的地方传来你的马蹄声
总是在芬芳的气息之中

你会不会在美酒佳酿中沉醉
你会不会遗忘年少时的山山水水
两枚叶子好似小鸟双翅，在鸣唱

你带给我的两枚叶子催促着
从无艾蒿的地方传来你的马蹄声
总是在鸟儿们的鸣唱之中

你会不会在晨露般的柔情鸣唱中迷路
你会不会忘记古老的那两句话语
两枚叶子如太阳和月亮，在飘荡

秋日的花朵

懊悔于自己过度盛开的
花朵
忽然向大地俯首而去的
花朵
悔恨于自己极度招摇的
花朵
倏地向土地弯腰而去的
花朵

草尖上挺身而出的
花朵
草丛中亭亭玉立的
花朵
娇艳花丛中脱颖而出的
花朵

缤纷绿叶中光彩夺目的

花朵

嫌弃黑色泥土的

花朵

鄙视脚下土地的

花朵

青葱华年向着天空的

花朵

带着所有的美远离地面的

花朵

伸着鹭鸶般的腿向上生长的

花朵

一味地朝着天空执着而去的

花朵

在宝日温都尔山脚下

在博格达草原怀抱里

在河湾的草地上

在湖泊的水岸边

遇到秋日气息的

花朵

感知自己衣衫单薄的

花朵

懂得快乐昙花一现的

花朵

怀念甜蜜之夏的

花朵

思念脚下沃土的

花朵

想念有情泥土的

花朵

向往幼时土地的

花朵

刹那间向大地低头的

花朵

男人的泪——露珠

听说
眼眸一样可爱的百灵鸟
衔着你的泪水
昨日已向我启程
每一种颜色都令她伤感的
善良的彩虹
忍不住激动的心为他带路

听说远渡大海时吃尽了苦
听说飞越林海时受尽了累
穿越无色的疆界时曾有迷路
走过无渡的空间时曾有绝望

明知不可穿越无渡口的时空
为何偏偏给我寄来你的泪珠

明知不可渡过无色的疆界

为何偏偏给我寄来你的心

听说美丽的彩虹幻化花朵绽放

听说金色的百灵变成叶子摇曳

听说男人你的眼泪化作露珠晶莹

听说彩虹百灵及泪水和谐成史诗

等待着金丝雀，我已化作山脉

相信你的情话，我已化作岩石

吉祥之雨

既然有着天上的命运
为何要执着朝向大地
莫非你
命运在天，幸福在地

既然有着飞翔的命运
为何要执着沉落大地
莫非你
宿命在云，梦想在地

是否为了不让命与愿不相离
是否为了不让心与爱不生分
是否你在牵连着天与地
是否你在尽享圆满吉祥
是否化作思念在向大地飘洒

是否化作思绪在向云朵盛开

是否，你是出嫁离乡的女儿命运
是否，你是远走他乡的男儿之心
是否，你是有着密码的众生之爱
是否，你是远方成熟的吉祥之雨

天壤悬隔

将颜色移注给花儿的
云朵苍老
晕染了色彩的花朵
百般妩媚而年轻
白发苍苍的老者隐入天空深处
流连、凝望

触手可及的青风吹拂着
欲想拉住她的衣摆，终而未及
天壤悬隔

把根给予叶子的
云朵飘曳
生了根的树
枝繁叶茂千娇百媚

时代的老人融入天宇

流连、谛听

丝丝柔柔的细雨飘洒着

欲想焊接远离的一切，终而未及

天壤悬隔

你的家乡

走向你时
世间万物皆是你
唯独你不在

想念你时
万物生灵皆是我
没有一丝空间

自你的方向返回
世间万物皆无用
无法复制一个你

锁定你的方向
世间万物都没了故事
无法阅读一个你

所有的讯息都倾听着你
相传着杳无音讯的你的消息
你已然——不在

闷热

穿起时
剥掉的皮
时间的形式
旧衣衫

丢弃时
粉饰的个体
喜好的形式
旧衣衫

享用时
曾经的获得
逝去的形式
旧衣衫

遗弃时

被期待的美

实现的形式

旧衣衫

无云的天空

像是没有羽毛的鸟
像是没有草的草原

像是没有眉毛的脸
像是纹丝不动的温室

像是褪色的围巾
像是无端扣放的锅

像是忘了流淌的水
像是忘了伤感的心

像是素净的布
像是无聊的诗

故乡

看似珍珠般的眼泪中
宇宙般的故乡在嘶鸣

看似摇篮般的沙漠
滋生永恒似的心灵

看似平凡的称呼中
生长出永远的信念

看似顶针般的行为
孕育尘世般的果子

风来了

风来了
自天涯
从那边
自那方
奔向我
临近
轻轻地
柔柔地

无死之永恒
无穷之富有
无冬之夏
无病之康健的
江河
阅尽其历史

敞开其怀抱

引诱着

风

不想让她去别的地方

与其岸边的白色潮水玩耍

与其上空舒展的白云嬉戏

悬在其上白色海燕的翅膀

留恋其无限浩渺的蓝色

曾经得意一时的

风

心意已决

奔向我

风来了

穿越渺无人踪的群山之巅

渺无人踪的群山

诉说着它的传奇

耽搁着风的行程

想要拦住她

说到老的传说

堆积成山

迟疑驻足

荒山南北

罕山东西

浅尝青草的

风向我走来

奔向我

逃逸而来

风来了

穿越人烟罕至的莽莽林海

讲述着

品尝永恒之水的

故事

松柏劝说着

风

想留住她

讲述的故事

密密麻麻地挂在

每一个树枝

倾听其歌谣绽放

倾听其故事飘摇

踟蹰驻足的

风

坚定心意向我走来

林木倾巢而动

追随着风

摇曳

摇曳着

求她回来

风来了

逃逸而来

奔向我

风来了

穿越亘古不变的茫茫旷野

亘古的原野

说唱着史诗

拦住风

想要留住她

在岁月的长河里

说唱的史诗变成了化石

说唱者也一同变成了化石

唯恐失去她

石人抱住风

直到没了脑袋

以其站立的模样变成了化石

青草

叩首祈祷着

劝说风

劝说，在一起吧

风却拿定主意

向我走来

奔向我

逃逸而来

风来了

逃逸而来

奔向我

风来了

从有和无之间

从存在和虚无之间

从真和假之间

来了

来了

风来了

风走了

风走了

风儿
被风儿驱赶而去
风儿
被风儿牵引而去
抑或
风儿跟随着风儿
风儿带领着风儿
走了

无论如何
风儿走了
为了知晓
与我掌上的旧书交谈而过的

远古的风语

我

阅览浩瀚书籍

已有千年

翻阅圣贤之书

已有千年

风的话语隐隐约约

风走了

吹拂着我的脸颊

时常走过我身旁的

生命的化身

轮回的模样

永恒的气息

唉，风儿啊

你历经了谁都无法历经的艰险

你穿越了谁都无法穿越的尘世

在无边无垠的时空

进行无穷无尽的跋涉时

会不会在某一处驻足

稍微停息片刻啊

生长了三百年

干枯了三百年

被埋了三百年的

胡杨林盆地

你踟蹰而过的形迹

时时在轻轻嘶鸣

大西洋西岸的一号公路

到丹麦小镇的优美空间

你蔚蓝的模样

以恍惚中奔驰的车速飘扬

普希金之村皇家公园古代英雄的箭头

你豪迈的神态

解密奥林匹斯山的秘密

响彻天宇

京都金阁寺灵凰翅膀上

你闪光的风采

忽闪得让时光凝固

而你何时来到

蒙古草原

广阔的蒙古草原

等候着谁

在吹拂

只有你知道

迭里温孛勒答黑山①的地形

唯独你能画

世界的地图

然而你为何

依然吹拂着，徘徊于此

你在悬崖的上空

以雄鹰的翅膀扇着

不知去往何处

迷茫中飞翔时

听到麋鹿令人忧伤的声音

为何你又变幻了模样

若不是你

高山之巅的呦呦鹿鸣

————————————

① 迭里温孛勒答黑山，成吉思汗 1162 年夏初月十六日在
此诞生。

怎会徒自传到

原野上的蒙古包

令人黯然神伤

令人心生忧伤

围绕着穹庐

以天然的秉性

呼啸声声叫人断肠

古老城池的月亮不老

咫尺可见的群山不老

风儿踏着碎步

寻访荒野旧址

无法断定

它属于远古还是属于近代

无法知道

是远古苍茫的风回来了

还是新的生长就是它

风

走了

想一想

我将与谁谈说千年

清晨难得的空闲
在草尖上化作露珠，等你
化作
你必将吻过千万株草芒时
留恋你的青草随你荡漾时
挂在草尖如同珍珠的
亿万万露珠之一
我
等候来自尘世任何一方的你
等到融进太阳金色的眼眸
唉，我会一直等你
以万物之相变幻的你
等你等到
忍受尘世四季之冷热
不知疲倦地接连一切
改变一切
而填满空
又创造新的
你

西落东升的红日光芒

浸入胸前的银扣

我一直等你

等候

月光之下

大海之上

浮云的空隙

丛林之中

轻轻柔柔吹拂而来的你

躲藏在

灌木上栖息的

艾菊下鸣叫的

小鸟的羽翼下

如果可以，我愿意

伫立着等候

可爱的棕色小鸟

毛茸茸的羽毛被吹动时

就当你来自无量之界

我邀约你

当参天树木变成泪人

失去全部的叶子时

可渡无渡之海的

杂乱无序的演奏为信号

我们不见不散

我会终年等候

变幻曲调哼唱忧伤的歌谣

让我渡过无渡之海的你

呜呼

等你等到

我雪白的身躯化为冰

我冰凉的身体化为水

我融化的灵魂化为花啊

风走了

你所抵达的地方

是你义无反顾的目的地吗

风走了

我将等候谁千年

夏

看见你盛开的欲望

在喧嚣

世界装不下其袍

在喧嚣

在它一旁

星辰在喧嚣

硬朗的太阳给予温暖，在喧嚣

明净的月亮给予光亮，在喧嚣

土地给予力量，在喧嚣

空气给予心愿，在喧嚣

变幻的水给予营养，在喧嚣

青青的风给予心灵，在喧嚣

飘游的云朵给予空间，在喧嚣

深深的根须给予底盘，在喧嚣

众人和动物给予汗水，在喧嚣
抵达的天涯给予征途，在喧嚣
触及的无限给予目光，在喧嚣
承受的极限给予隐忍，在喧嚣

春
给予种子，在喧嚣
夏
给予果子，在喧嚣
冬
给予热量，在喧嚣
光
给予色泽，在喧嚣

诗歌
给予韵律，在喧嚣
绘画
给予技艺，在喧嚣
仙鸟
给予鸣唱，在喧嚣

圣礼
给予曲调，在喧嚣

看见你盛开的欲望
在喧嚣
世界装不下其袍
在喧嚣
在它的一旁
星辰在喧嚣

天涯（一）

行至天涯之遥
尚未觅得天涯之天涯
游至异国他乡
尚未识得异乡之异乡

连接一切的柔柔清风
从天涯之天涯而来
奔向无垠的白云
游弋向天涯之天涯

渡越存在
奔向无之白云
是柔韧之极限

穿越无
奔向存在的微风
是真之极限

天涯（二）

行至天涯之遥
未曾觅得天涯之天涯
游走异国他乡
不曾识得异域之异域

连接所有一切的清风
自天涯之天涯来
奔向无限之境的白云
飘向天涯之天涯

渡过所有的"有"
奔向一个"无"
白云
柔韧之极

感化的山川

在它的脚踝下流连

感动的人世

在它的衣摆下轮回

渡过所有的"无"

奔向唯一的"有"

清风

真之极致

伤怀的草木

在它的手掌上撒娇

和解的世界

在它的韵律中转动

才子佳人的故事

就当你称赞了我雪白的衣衫
就当你喜欢了我蓝色的丝巾
就当你赞扬了我得体的装扮
就当你中意了我用心的打扮

你不在的地方，俊俏有何用
你不在的时候，装扮有何用
你不在的空间，首饰有何用
你不在的时刻，打扮有何用

如果不是对你，何必要温柔
如果不是对你，何必要柔情
如果不是对你，何必要优雅
如果不是对你，何必要伶俐

你若不慧智，我又何必崇拜你

你若不善良，我又何必向往你

若没有良缘，我又何必遇见你

若没有福分，你又怎能遇到我

在我恋恋不舍时，你无动于衷是为何

在我和颜悦色时，你脸色阴沉为哪般

在我柔情相待时，你态度漠然是为何

在我百般呵护时，你横眉立目为哪般

就算天崩地裂，也要牵着你的手

就算舍弃一切，唯独不忍离开你

你，我，他
——问丁香

为何你如此拼命地盛开
为何你争先恐后地绽放

我知道你一直躲藏在季节背后
我们都知道你隐忍了岁岁年年

像是云朵一样的思绪
在你的发梢散发着芬芳
宛如星辰一样的愿望
在你的心界挥洒着光芒
随着岁月的路途
如智慧和记忆般闪着光
莫非这是你的希愿
执着地在等候某一个人？

"那座庭院"中盛开的你

我的思念——无限柔情的——一簇花树

"那个人"身旁绽放的你

我的花树——永远优雅的——智慧气息

呼和浩特的丁香花

好似以多个颜色在倾诉

莫非你用多种旋律

刻画着命运的真真假假

你总在……

你
总在我的记忆中
时刻
依然那么
清晰

清晰
空空的

你怦然的心
泉涌的
声音
我生命的旋律
是我
无法等同的

真

清晰
真实

你的性格

你
赞同一切
你什么都不赞同

你
保证一切
你什么都不保证

你
厌恶一切
你什么都不厌恶

你
讨厌一切
你什么都不讨厌

你
隐忍一切
你什么都不能忍

你
解决一切
你什么都不解决

你热爱一切
你什么都不热爱
你悲悯一切
你什么都不悲悯

你
给讨厌的，送鲜花
给厌恶的，予微笑

你
让信心品尝胆汁
让爱情咽下冷冰

你
以白色显现
以黑色隐去

你
在光芒中泛白
在黑暗中发黑

你
清晨被诵读
夜晚被识认

你
反复被阅读
再也不被阅读

可怜之人

当我赞叹普希金
你说你曾跟普希金青梅竹马
当我赞赏泰戈尔
你说你曾跟泰戈尔一起逍遥

当我说起天文
你说你给我其文本
当我说起地理
你说你给我看目录

当我说起北京城
你说你曾在它的图书馆学习成长
当我说起纽约市
你说你曾在它的书房里学会走路

当我谨慎说起善恶

你说你打小饱读了佛经

当我躬身谈起课业

你说你自小通读了父亲的藏书

当我回忆起马背

你就说起蒸汽机的发明

当我怀念起牛奶的味道

你就说起咖啡树的成长

当我念起原野上的萨日朗

你就说樱花是高贵之尊

当我说起游牧的尘埃

你就说儒家学说博大精深

当我说自己是井底之蛙

你就豪横地说要带我周游世界

当我大笑井底和世界

你就膨胀地说给出测量数据

丝巾在飘荡

风
如丝飘荡
丝巾让风
飘荡

风
未能渡过丝绢
灭亡
成为丝巾

丝巾
渡过风
升腾
成为旗帜
美美地飘扬
以丝绢

莫再回首望

——时光史诗

莫再回首望

孤独地留在众人之中的我

莫再回首望

朝着自己的向往径直向前吧

莫再回首望

用你招魂的眼神

莫再回首望

丢了魂的我

人群中走出时

莫再回首望

直奔你的方向

莫再回首望

像是被驼羔牵绊的母驼

莫再回首望

若是可以，走就走得决绝一些

莫再回首望

莫再回首望

眼含热泪的我

莫再回首望

兴许我会等你万万年

像是留恋同伴的鸳鸯

莫再回首望

也许会被泉涌的爱呛住

莫再回首望

以前世的誓言

莫再回首望

别想着攒够五百次

莫再回首望

以今生的遗憾

莫再回首望

想作重重保证

莫再回首望

莫再回首望

等候来生的我

莫再回首望

兴许会枉然

你

莫再回首望

你和我

我以你的心盛开
你以我盛开
用真诚此生彼长
无声无息地盛开

蓝天以云朵盛开
你的天空以我盛开
望着你，我盛开

心灵的颜色

——记录那么一天

看看雪

不过只是雪

粘在鞋底的

泥

觅食的小鸟像是羊粪

棕黑

预兆之喜鹊像是布片

耷拉着

等候发芽的春树

像是念咒的喇嘛

模模糊糊

四面八方

斑斑驳驳

祭

——今日清明

怕听到额吉这个词

怕是听着听着就消失了

怕听到阿爸这个词

怕是听到之后余音断了

怕看到额吉这个词

怕是看着看着就消失了

怕看到阿爸这个词

怕是看着看着就模糊了

不见额吉的世界

额吉这个词就是额吉

阿爸不见的尘世

阿爸这个词就是阿爸

额吉这个词是我的心肝

阿爸这个词是我的生命

就算心肝枯竭

额吉这个词是活着的

就算生命完结

阿爸这个词是永恒的

睡眠的形式

枕着伴侣的手臂

世界已入睡

枕着世界

黑夜已入睡

枕着黑夜

万物已入睡

枕着万物

美梦已入睡

枕着美梦

黑眼睛已入眠

冬雨

树木随着云朵
哭泣
叶子随着树木
哭泣
风儿随着叶子
哭泣
光芒随着风儿
哭泣
目光随着光芒
哭泣
心儿随着目光
哭泣
爱随着心儿
哭泣
泪水随着爱
哭泣

雪讯

你的消息

凉凉地

飘来

白海螺的慧音

比它的内心洁白

洁白无瑕

清清亮亮

你的讯息

闪亮而清脆地

传来

冰晶之声遥远

比它的内心明亮

明明亮亮

干干净净

静谧

像是静谧一般的
静谧的月亮
静谧

像是寂静一般的
寂静的月亮
寂静

静谧
月亮
寂静

土默特草原上的桃花

是谁向谁趁机表白
芬芳的话语在盛开
赶在夏日百花盛开之前绽放

话语们幸福的脸颊红了
一张张笑脸散发着粉红的光
散发的光芒中尘世被融化了
融化的心相约岁岁年年

年年岁岁的真心在开花
以钟爱的颜色在盛开

生活追随着你

你

不追随生活

生活追随着你

追随你的生活以七种颜色绚烂

追随你的生活以九种魔幻沸腾

我在生活和你之间

迷路

无界却有缝隙，所以

我迷路

自远古的原野传来的

阵阵马蹄声

诉说着传说

让我热血沸腾

耳畔清晰可闻的

镰刀的声音

讲述着故事

让浑身的骨头悸动

沸腾的热血悸动的骨头

属于一身

跳动的心脏伤痛的肝脏

属于一腔

所以我惆怅

我在生活和你之间

迷路

你们之间所有的距离

由我焊接

撕开红红的心脏

来焊接

红红的血味

让犬和鹫寻味张望

十字路口的红灯

十字路口的红灯
像是眼睛一样的逗号
有着无数个句子的
滚滚红尘中的逗号
走向终点的人
偶尔停顿的气息
音韵优美的语言
亲爱的逗号

学海中畅游的
世界的逗号
千千万万诗篇
确凿的引子

忽然
停顿的逗号
十字路口的红灯

时光

时光
从一个盒子到另一个盒子
自一个盒子向另一个盒子
迁徙转移中被刻画、测量

时光
在泥砖铸就的盒子里
开门立户
在泥砖铸就的盒子里
开业竣工

下了班奔向度假的
时光们
乘坐四方铁盒驰骋
乘坐蛇形铁盒爬行

乘坐鸟状铁盒飞行
被创造的形态在流淌
朝着最终的盒子流淌

人这一辈子

不是和不

经验并非源自试验
生活并不属于经验
我的经验不是你的经验
你的经验不是任何人的经验
不可能试验着去生活
不可能活着去试验

无关

将树称之为树，与树无关

树不知道自己是树

梁子柱子和奥尼①哈纳②

其实

全部都是树

除了生长，其余的

都跟树没关系

---

① 奥尼，蒙古语，蒙古包的椽子。
② 哈纳，蒙古语，蒙古包毡壁的支架。

凋谢的时光

并非从彼岸向此岸
流淌而来
时光不是流淌而来的
不是转身流淌而去的
时光不是流淌而去的
说不准在某时某地
会在自己的脚上凋谢
足够干枯后凋零
说不准在某时某地
从脚下生长
完全萌芽后破土而出
时光
在其时间纬度里
时光
在黑与白之间

种植的花朵

不是属于远山的吗
为何献媚
拥挤于庭院之中

不是属于原野的吗
为何搀扶于街道
顺其而开

不是属于野性的吗
为何任由镰剪
掌控，割切

不是属于自由的吗
为何任由账簿
占据、所有

加固而遗弃的忧愁

定型而摈弃的伤感

城市的桥

理应在脚下的桥

总是在头顶

桥上寂寂寥寥

桥下热热闹闹

每当从桥下走过

总能看见曹操

望见

闻到磨刀声逃逸的

曹操的

身影

效仿曹操

穿了兔儿鞋

也无路可逃

城墙

高又高

真心与伪生活

其实我喜欢绿色

非常非常地喜欢

巷子里的风仿佛在细语着什么

一直在吹拂

经常脸色煞白

时而

以唇色发红

好奇着荧光和橙红

不停地咽下泪水

隐忍着

我

将那些绿色

抑或将那些偏绿色

全部驱逐向远古的草原

流放到野外

驱赶向畜群边

我将绿绿的喜好

淹没在红红的血液里

其实我喜欢绿色

非常非常地喜欢

虽说经常用粉色打扮

秘密

以自然的规律

百花摇曳

在季节的空间

将儿时的歌唱到老

岁岁年年

以思想的规律

孤花绽放

在心灵的空间

不时更新灵幻的旋律

年年岁岁

多少纪元的传说

神秘

多少世间事

隐秘
骏马之扬尘
天涯
驽马之身影
咫尺

骏马
驽马
一个草场
两个世界

知与不知

——致教师节

山之重

举而不知

思而知之

水之深

渡而不知

观而知之

宇宙之广

度而不知

悟而知之

尼连禅岸

抵而不知

认而知之

新月

高远的天空上撇过来的
是哪个世纪的清冷目光
那么不屑一顾
自负
清冷
安详无上

一年

365 颗洁白的珍珠
365 颗乌黑的翡翠
用生活的金丝线
相隔串连的
珍宝
生命的常青树上
奖赏而佩戴的
项链

秋

秋日断肠
叶子三五飘落
尘世的眼泪已干
树木齐齐裸露

为了不让世间残缺
太阳
竭尽全力

海底世界

鱼群

是大海里的羊群

尖嘴的

当然是山羊

海象们

是牛群

偶尔一跃的海豚

是戈壁上的骆驼

虽说没有尾巴

海马是良种马

依山而居者

傍水而居者

都是

广袤世界

扩大智慧的

两级

喜鹊

自己寄走自我的

信

自己读取自我的

信

唯恐淋湿破损的

信

远离湖泊水域的

信

小心隐去遗失的

信

与候鸟保持距离的

信

经常装点篱笆墙

雅致的黑白工艺

只有一个字的信——

喜

自己寄走自我的

信

自己读取自我的

信

方向

我的西海之岸
是谁的东海之滨
我的日出东方
是谁的日落西方
我的地球南麓
是谁的地球北面

点

落脚的刹那间

地球

永远是朝向我的方向的

点

诸多方向

自点

突兀地生长

寻觅着方向

诸多方向

放射光芒

凋零的叶子

避寒的鸟儿南飞时
想随它一起云游
不停向往，不停扑扇

断落的梦想
在树木的视线里
徜徉

纷飞的叶子

抛弃佩戴整个夏天的首饰

树木无精打采

厌烦的心有些许好转

纷纷扰扰的风

走远了

陈旧的首饰

飞到尼泊尔银匠手里

春风在大地深处

梦着崭新的叶子

等候

再等候

来去之因

以为叶子已飞走，树
总是执着地向天空生长
不忍心让它的惆怅
飞满天，形如我心状的叶子
回归到树根

以为雪花已飞落，天空
总是遥遥地俯瞰大地
不忍加重它深蓝色的忧伤
色如我伤感的雪花
回还到云端

风，被撕碎了……

风，被撕碎了……
杂乱的树枝上
飘摇着，被撕碎
摇曳着，被撕碎
犹如轻薄的小小音符

风，被撕碎了……
清清的湖水中
涤荡着，被撕碎
洗濯着，被撕碎
犹如云的白色迁徙

风，被撕碎了……
高高的山峰上
悬挂着，被撕碎

升腾着，被撕碎
是云青雄鹰的飞翔

风，被撕碎了……
青青嫩嫩的草尖上
跌倒，被撕碎
扑腾，被撕碎
是褐色的小小惊吓

风，被撕碎了……
变幻莫测的人心里
被撕碎的
风
有棱，有角
有尖，有刃
有蜜，有甜
有色，有味
被撕碎的
是存在的目光

被——撕碎了……

马勃

雨后的蘑菇
诗歌
长得密密麻麻
鲜艳的花丛中
对比成
盛开和无声

不被天雷惊到的
马勃
没有盛开的命运
不为大地感动的
马勃
没有绽放的命运
惯于花开的蜜蜂们
嗡嗡地等它开花

谬误在盛开

马勃般的诗歌

盛开在谬误中

呜呼!

世事发出

嘤嘤嗡嗡之声

误导的和误以为的

垒砖的人筑墙

只是筑墙

路人

在墙面上

写"房子"二字

房顶上喜鹊

叫喳喳

喜鹊叫喳喳

拴马桩旁有客下马

垒砖的人踮起脚

忘了墙

在"房子"门前

恭候

福祉与罪孽之间

路人

逃之夭夭

不可渡

无渡的海在澎湃
每每相见时
在他们之间

无渡的海在澎湃
暗暗心动的爱情之鱼
话语偶尔跳出水面
目光是白莲
盛开
芸芸众生间
静静绽放

无渡之岸边
毫不气馁地盛开
自彼岸奔来
真